D0614950

Collection MONSIEUR

Mr. Men   Little Miss

Monsieur
PEUREUX

Roger Hargreaves

hachette
JEUNESSE

Pauvre monsieur Peureux,
il avait peur de tout, absolument tout.

Au moindre bruit,
il sursautait, s'affolait, tremblait
et grelottait de peur.

Monsieur Peureux avait peur des gens.

Aussi vivait-il au fin fond des bois,
très, très loin des autres maisons.

Ce matin-là, monsieur Peureux dormait encore.

Dehors, le soleil brillait
et le vent d'automne soufflait doucement sur la forêt.

Une feuille morte, emportée par le vent,
frôla la fenêtre de la chambre de monsieur Peureux.

Il se réveilla en sursaut.

– Juste ciel! s'écria-t-il.
Quel est ce bruit effrayant?

C'est ma maison qui s'effondre!
Non, c'est la terre qui tremble!
Aïe aïe aïe! C'est la fin du monde!

Vert de peur, il se cacha sous ses couvertures!

Il lui fallut au moins une heure pour comprendre
que sa maison ne s'était pas effondrée,
que la terre n'avait pas tremblé
et que la fin du monde
n'était pas pour tout de suite.

Alors il se décida à sortir
de sous ses couvertures.

– Ouf! dit-il. Le danger est passé.

Il se leva et descendit dans la cuisine
pour préparer son petit déjeuner.

Monsieur Peureux mit des cornflakes dans un bol,
versa du lait par-dessus et ajouta du sucre.

Crac! Cric! Pchitt! firent les cornflakes.

Monsieur Peureux se réfugia
sous la table de la cuisine.

– Juste ciel! hurla-t-il.
J'entends gronder le canon et fuser les bombes!
Oh, pauvre de moi, c'est la guerre!

Quelle imagination !

Tout était bien calme dans la cuisine !

Monsieur Peureux finit par sortir de sa cachette.

Après son petit déjeuner,
monsieur Peureux alla se promener dans la forêt.

Un ver de terre le vit s'approcher.

– Bonjour, dit le ver de terre, très aimable.

Monsieur Peureux eut la chair de poule.

– Qui est là ? Qui me parle ? hurla-t-il.

Il aperçut le ver de terre.

– Juste ciel! Un serpent! Malheur! C'est un boa!
Il va m'avaler vivant! Au secours!

Et il bondit au sommet d'un arbre.

– Quel exploit! Bravo! dit le ver de terre.
Et il rentra sous terre.

Au bout d'une heure,
monsieur Peureux se décida à descendre de l'arbre.

Il continua sa promenade.
Bientôt il arriva en bordure d'un champ.

Monsieur Peureux jeta un regard anxieux autour de lui.

– Personne! dit-il.
Vraiment personne?

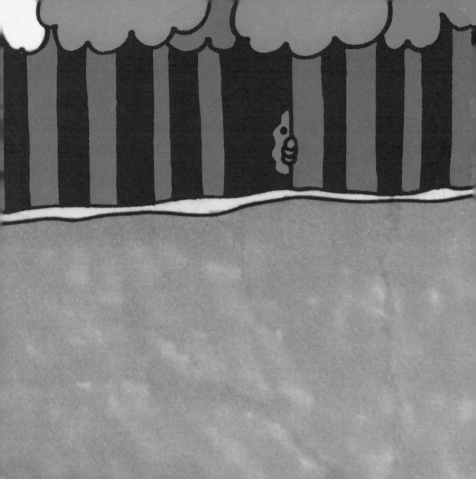

Si, il y avait quelqu'un au milieu du champ.
Mais monsieur Peureux ne l'avait pas vu.

C'était un vagabond qui s'était endormi
sous le soleil d'automne.

A petits pas prudents,
monsieur Peureux s'aventura dans le champ.

Soudain,
le vagabond se mit à ronfler très, très fort.

– Qu'est-ce que c'est? hurla monsieur Peureux.

Juste ciel, c'est un lion! Un lion énorme!
Un lion énorme qui rugit!
Oh, pauvre de moi!
Ce lion cruel va me couper en morceaux
avec ses longues dents et ses griffes acérées!
Il va me hacher menu et m'avaler tout cru!

Et il s'évanouit.

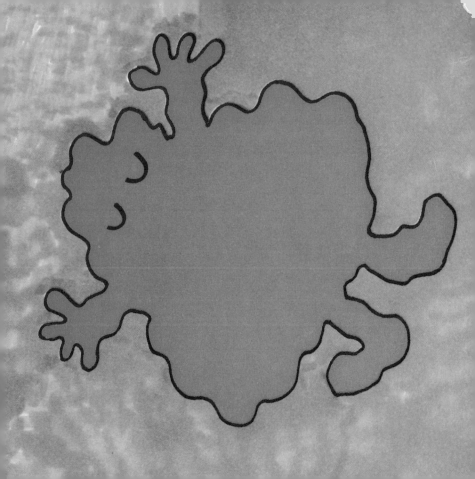

Mais ses hurlements avaient réveillé le vagabond.

Il bâilla, s'étira, s'assit
et découvrit monsieur Peureux
étendu sans connaissance à ses pieds.

– Pauvre petit, dit le vagabond
qui était un brave homme.

Tout doucement,
il prit monsieur Peureux dans sa main.

Monsieur Peureux revint à lui,
se frotta les yeux et vit le vagabond.

– Juste ciel! Enfer et damnation! hurla-t-il.
Un géant! Un ogre!
Il ne va faire qu'une bouchée de moi!

– Voyons, du calme, mon petit,
dit le brave homme.
N'ayez pas peur. Dites-moi plutôt votre nom.

– Meu... meu... monsieur... Peu... peu... peu... Peureux,
bégaya monsieur Peureux.

– Figurez-vous que moi aussi, dans le temps,
j'avais peur de tout, dit le vagabond.
Mais j'ai changé.
Vous voulez connaître mon secret ?

Monsieur Peureux frissonna.

– Ou... ou... oui, je... je... je veux bien,
balbutia-t-il.

– Il suffit de compter jusqu'à dix,
expliqua le vagabond. Et alors on s'aperçoit
qu'il n'y avait pas de quoi avoir peur.

Le vagabond reposa monsieur Peureux dans l'herbe.

– N'oubliez surtout pas de compter jusqu'à dix!

Et il s'en alla.

Monsieur Peureux prit le chemin du retour.

Il traversa le champ.

Il traversa la forêt.

Soudain il marcha sur une brindille.
– Cric! Crac! fit la brindille.

Paniqué, monsieur Peureux fit un bond
de deux mètres!

– Qu'est-ce que c'est? hurla-t-il.
C'est l'arbre qui craque! Il va tomber!
Il va m'écraser! Oh, juste ciel!
Mais c'est un crocodile qui claque des dents!
Il se régale d'avance!
Pitié! Oh, catastrophe! C'est un...

Monsieur Peureux s'arrêta net.

Il prit sa respiration et dit d'une seule traite :
– Undeuxtroisquatrecinqsixsepthuitneufdix !

Et il vit que ce qui avait fait « Cric ! Crac ! »
n'était qu'une brindille.

Une malheureuse petite brindille !

– Ouf ! dit monsieur Peureux. Je suis sauvé.

Monsieur Peureux approchait de sa maison quand une feuille morte tomba doucement sur sa tête.

– Au secours ! Police ! On m'attaque ! On m'enlève !
Ils sont armés ! Ils vont me...

Il s'arrêta net.
Et il prit sa respiration.

– Undeuxtroisquatrecinqsixsepthuitneufdix !

Et il vit que ce qui s'était posé sur sa tête n'était qu'une feuille.

Une malheureuse petite feuille morte !

– Formidable, son secret !
s'exclama monsieur Peureux, émerveillé.

Depuis ce jour, monsieur Peureux a bien changé.
Il suffit de le regarder pour s'en convaincre.

Monsieur Peureux ne crie plus, ne hurle plus,
ne s'affole plus, ne tremble plus.

Il ne se cache même plus sous ses couvertures.

Enfin...

... plus très souvent!

LA COLLECTION
MADAME
c'est aussi
40 personnages

1 MME AUTORITAIRE
2 MME TÊTE-EN-L'AIR
3 MME RANGE-TOUT
4 MME CATASTROPHE
5 MME ACROBATE
6 MME MAGIE
7 MME PROPRETTE
8 MME INDÉCISE
9 MME PETITE
10 MME TOUT-VA-BIEN
11 MME TINTAMARRE
12 MME TIMIDE
13 MME BOUTE-EN-TRAIN
14 MME CANAILLE
15 MME BEAUTÉ
16 MME SAGE
17 MME DOUBLE
18 MME JE-SAIS-TOUT
19 MME CHANCE
20 MME PRUDENTE
21 MME BOULOT
22 MME GÉNIALE
23 MME OUI
24 MME POURQUOI
25 MME COQUETTE
26 MME CONTRAIRE
27 MME TÊTUE
28 MME EN RETARD
29 MME BAVARDE
30 MME FOLLETTE
31 MME BONHEUR
32 MME VEDETTE
33 MME VITE-FAIT
34 MME CASSE-PIEDS
35 MME DODUE
36 MME RISETTE
37 MME CHIPIE
38 MME FARCEUSE
39 MME MALCHANCE
40 MME TERREUR

ISBN : 978-2-01-224838-0
Loi n° 49-956 du 16 juillet 1949 sur les publications destinées à la jeunesse.
Imprimé et relié en France par I.M.E.